EL BARCO DE VAPOR

La cazadora de Indiana Jones

Asun Balzola

 Joaquín Turina 39 28044 Madrid

Primera edición: julio 1989
Vigésima segunda edición: octubre 2001

Dirección editorial: María Jesús Gil Iglesias
Colección dirigida por Marinella Terzi
Ilustraciones: Asun Balzola

© Asun Balzola, 1987
© Ediciones SM
   Joaquín Turina, 39 - 28044 Madrid

Comercializa: CESMA, SA - Aguacate, 43 - 28044 Madrid

ISBN: 84-348-2766-2
Depósito legal: M-38796-2001
Preimpresión: Grafilia, SL
Impreso en España/*Printed in Spain*
Imprenta SM - Joaquín Turina, 39 - 28044 Madrid

Para Andrea Ruiz Balzola
y para Cati Balzola,
porque las dos
me recuerdan a Christie

1 La cazadora

EL día que fui al colegio con la cazadora de mi hermano Jaime, se armó la gris. Yo ya lo sabía. Lo sabía desde que mi madre me miró especulativamente, prenda en mano. Entonces comprendí que la maldita cazadora pasaba a mí y que yo iba a ser el hazmerreír de mi clase. Sentí eso que ponen en las novelas de que el destino es inexorable. Y mi madre también es inexorable.

—Pero, mamá, ¡que estoy horrible! —había dicho yo, una vez puesta la cazadora, que me quedaba larga y ancha.

—¡Qué va! ¡Estás muy bien! ¡Tiene estilo! —mi madre, tan contenta.

Y es que mamá tiene unas ideas muy particulares sobre la elegancia. La idea fundamental es que lo que digan los demás no tiene la menor importancia; pero, claro, ella no va a mi colegio. Además, no está gorda como yo; todo le cae bien. Y es inglesa, y a los extranjeros de verdad se les permite todo, o casi.

Una de las desventajas de ser la pequeña de los hermanos es ésta precisamente: estoy siempre heredando cosas. Generalmente me pasan la ropa de mi hermana Susana; aunque, por lo visto, ahora van a empezar a vestirme de señor...

Un día empecé a protestar, pero me salió mal. Estábamos en la sala, tomando el té, porque como somos medio ingleses tenemos esa manía y mi madre pone la mesa con las tacitas chinas de porcelana transparente. Y yo empecé a hablar de vestidos y de herencias.

—Es que tú, mamá, a lo mejor no te das cuenta, porque eres inglesa y tal; pero a mí me parece que yo siempre resulto distinta de los demás. Cuando era más pequeña, recuerdo que todas las niñas, mamá, llevaban trenkas y yo tenía que apechugar con un abrigo de Suzy, horroroso. Y ahora, lo mismo. Que todas las chicas tienen camisas vaqueras y yo, nada, jersey heredado...

—Pero, Christie, ¿crees de verdad que es tan importante llevar lo que llevan los demás? ¿Lo que lleva todo el mundo?

—Si no es sólo eso... Es que yo quiero algo mío, sólo mío. Y elegirlo yo. Y, además, las camisas vaqueras son preciosas...

Me había puesto tan nerviosa, como siempre que quiero defender una idea por tonta o absurda que sea, que me atraganté.

Mi hermano el mayor, Pedro, que tiene veinte años, llevaba un rato diciendo: «Que se dispara, que se dispara...». Y yo, bestia de mí, no me di cuenta de que era una advertencia, hasta que al atragantarme me tuve que callar. Entonces mamá se levantó y salió de la habitación.

—Chica, es que eres de burra... —dijo Jaime.

—Pero ¿por qué? ¿Qué he dicho?

Se miraban entre ellos, mis hermanos Pedro, Jaime y Suzy. Muy serios.

—¡Con todo lo mayor que eres, todavía no te enteras de que mamá no tiene un duro...! ¡Por lo menos, un duro de sobra!

—Pero..., pero... ¡si vamos a esquiar!

—¿Qué prefieres: ir a esquiar o tener la maldita camisa de marras? A eso se le llama orden de prioridades, lela, más que lela. Si lo que prefieres es ir a la moda, las próximas Navidades te quedas en casa con la camisa puesta y nosotros te mandamos una postalita de la nieve —dijo Pedro, que es la mar de irónico.

—¿Es que no te das cuenta de que, desde que murió papá, mamá se las ve y se las desea para sacarnos adelante?

Suzy me lleva dos años y es casi peor que Pedro. Dice las cosas de una manera que se corta el aire y, encima, es todo lo que yo no soy: educada, responsable, delgada, etcétera.

Me empecé a sentir mal. Fatal. Me estaba poniendo como un tomate. Iba a llorar de un momento a otro. Entonces Jaime, que siempre me saca de apuros, dijo:

—¡Christie y yo nos vamos a dar una vuelta! ¡Vosotros, recuperad a mamá!

Salimos a la calle. Llovía a mares porque aquí siempre está lloviendo y todo está mojado y húmedo.

Jaime me agarraba muy fuerte del brazo. Lo bueno de la lluvia es que, si lloras, no se nota.

—¡Venga, nena! ¡No te pongas murriosa! ¡Ahora mismo compramos unos pasteles para la merienda!

Cuando volvimos, gracias al cielo, mamá estaba normal y yo me sentí mejor.

Y sé que es horrible que mamá esté sola y tener muy poco dinero y todo eso, pero, de todos modos, el día que tuve que ir al cole con la cazadora de Jaime, lo pasé de pena.

Suzy y yo vamos al Colegio Inglés. A mí me parece un colegio majo; los otros son así medio cursis. Vamos, pijos. En mi colegio también hay algún pijo que otro, pero menos. Claro, que todo tiene un límite: hasta en un colegio que no es pijo el llevar una cazadora tres tallas mayor suscita escándalo.

El día de la cazadora no pude protestar mucho porque me acordaba de la discusión de la camisa vaquera y de lo tristes que nos habíamos puesto todos, así que me fui con Suzy arrastrándome escaleras abajo.

Hacía mucho frío. La cosa no tenía remedio: imposible circular sin cazadora. Además, Suzy se hubiera chivado. ¡Seguro!

—¡Venga, Christie! ¡No pongas esa cara, mujer!

—¡Si es que estoy de pena!

—No le des tanta importancia. Pasado mañana a todo el mundo se le habrá olvidado...

—¡Ya! ¡Cómo se nota que no la llevas tú, maja!

¡Es que es la monda, la tía! ¡Siempre está por encima de todo, la pelmaza esa!

Suzy se ofendió tanto que no volvió a abrir la boca en todo el camino.

Llegué a clase mirándome a los pies, intentando confundirme con el ambiente. Deseé en vano ser invisible, tierra trágame, etc. Pero antes de poderme quitar la cazadora y colgarla en los colgadores del pasillo que queda frente a nuestra puerta, se oyó la voz estentórea de Erik:

—¡Mirad a Garayo vestida de emigrante!

Y todos los demás, naturalmente, coreando la gracia como becerros: «¡Jiji, jaja!».

—¡Que ya se ha acabado la guerra!

—¡Refugiada!

—¡Pobretona, más que pobretona! —remachó algún original.

Hasta mis amigas se reían. Todas menos Vanessa; aunque, como Vanessa es todavía más pobre que yo, no tenía mucho mérito. De la rabia me estaban doliendo hasta las tripas y no tuve más remedio que salir por donde salí. Creo que, si no, les hubiera roto la cara.

—¿Ah, sí? ¿Os parece de pobre? Se ve que no entendéis de cazadoras...

—¿Y eso?

—Pues, mira... ¡Esta cazadora tiene historia, guapo! ¡Que no es lo mismo que puedes decir tú de la tuya!

Erik se puso pálido porque su cazadora

forrada de borrego es la envidia de todo el mundo. Por algo es el chico más rico del colegio.

En ese momento llegó míster Grant, director del cole y además nuestro profesor de literatura inglesa.

Nos sentamos precipitadamente en nuestros sitios y yo tuve tres cuartos de hora exactos para inventar la historia de mi cazadora, mientras Grant nos recitaba esa balada tan preciosa del novio que abre la tumba de su novia y llora mientras la besa.

Sonó la campana, se fue Grant y todos me rodearon bocadillo en mano, porque era recreo. Para entonces yo ya estaba lanzada.

—Resulta que, como sabréis, tengo un tío pelotari, que juega en Estados Unidos.

—¿Y qué tiene que ver tu tío?

—¿Me dejas que lo explique o me callo?

—Que lo explique, que lo explique —decían los demás, intrigados.

Yo ponía cara de estar por encima de ellos, que me sale muy bien. Es una cara que ensayo mucho delante del espejo.

—Pues eso, que mi tío vive en Miami y viaja muchísimo y nos trae regalos cuando viene por aquí. Entonces, resulta que pasó por Hollywood y le llevaron a un sitio muy especial que hay, donde venden las ropas de los actores de cine. Y esta cazadora, ahí donde la ves, es la que llevaba Harrison Ford en la película... ¡Indiana Jones!

Todos se tiraron sobre la cazadora, mientras yo ponía cara de falsa modestia —que me sale peor que la otra, pero bueno...

O sea que pasé una mañana de gloria. Todos se querían poner la cazadora.

Terminé por alquilarla. Bastante cara, además. ¡Por idiotas!

Cuando salimos de clase, todo el colegio hablaba de mí, de la cazadora y de Indiana Jones.

Mi hermana me esperaba para volver a casa. ¡Se traía un cabreo...! ¡Todo el colegio la había bombardeado a preguntas!

—Y tú, ¿qué has dicho?

—Que es cosa tuya. Que yo no sabía nada.

Típico de Suzy. La condenada no se pringa.

.

2 Crisis con lechuga

LAS cosas empeoraban por momentos. Todo el mundo hablaba de la cazadora de Indiana Jones y los profesores y profesoras me miraban con una cara muy extraña, aunque nadie me preguntó nada directamente.

Tenía la sensación de que la bola de nieve se convertía en un alud que amenazaba con sepultarme. Eso que llaman angustia, vamos.

El tercer día salí del colegio hundida, arrastrando los pies.

Estaba muy triste. De pronto tuve una idea: coger el tren y ver el mar. Fui a la estación, saqué un billete y me senté en una esquina del vagón, junto a la ventanilla, envuelta en la cazadora de Indi y comiendo pipas frenéticamente. Tengo

comprobado que las pipas son antide-
presivas. Me sentía muy desgraciada.
Más que nada porque no se me ocurría
cómo salir del lío y tenía claro que lo que
es salir, tenía que salir.

El tren echó a andar entre pitidos y
resoplidos a lo largo de la ría. Veía pasar
las gabarras y los barcos entre una
lluvia muy fina, los fuegos de los altos
hornos y las pirámides de mineral,
grises, negras y rojas. Ese paisaje tan
raro siempre me ha gustado, a pesar del
humo y de lo sucio que está todo; pero
vivir allí, como los obreros de altos
hornos..., eso no puede ser vivir. Y mira
que ahora no hacemos más que hablar
de ecología. Pues mi hermano Jaime
tiene un amigo de Baracaldo que dice
que hay días que cuelga las camisas a
secar, y cuando las recoge tienen aguje-
ritos, porque el humo es corrosivo. O
sea, que lo tenemos claro.

Llegamos traqueteando hasta el mar y
me bajé con un grupo de aldeanas
vestidas de azul que volvían de la ciudad.
Una de ellas me debía de conocer,
porque nosotros íbamos allí a veranear

cuando vivía papá. Ahora veraneamos si se puede, y si no, no.

—¡Oye, chiqui! —me dijo.

—¿Sí?

—¿No eres tú, pues, la hija de «la inglesa»?

—Sí, señora —contesté bastante azarada, porque todo el grupo me miraba con curiosidad.

—¡Lo maja que es tu madre! ¡Y tu padre lo majo que era! ¡Qué pena más grande, hijachu!

Me zarandeaba cariñosamente por el brazo y a mí se me llenaban los ojos de lágrimas como cada vez que alguien me habla de papá, que murió hace seis años.

—Desde mi casa los veía jugar al tenis. ¡Qué buena pareja hacían! Mira, le vas a llevar a tu madre esta lechuga. Le dices que es de parte de Juana, la del puesto del mercado de Las Arenas. ¡Y que volváis pronto!

Había sacado de la cesta una lechuga y me la ofrecía sonriente.

Nos despedimos y me quedé allí parada, como una tonta, con la lechuga en la mano.

Eché a andar hacia la playa. Cuando llegué, había dejado de llover. La playa estaba fantástica, como recién lavada, y el mar batía con muchísima fuerza contra el malecón. Las olas eran verdes y se rompían contra el cemento en una espuma luminosa y blanca. Y había miles de nubes con las espaldas oscuras y las tripas rosas que corrían veloces hacia el oeste.

¡Jo! ¡Ser una nube y llegar más o menos hasta Samarkanda!

De todos modos el encuentro con la aldeana me había serenado. Además, no podía olvidarlo porque llevaba encima la lechuga, que era como un talismán. Me hacía mucha ilusión que a mis padres se los recordara con cariño.

Yo también los recordaba jugando al tenis, ambos vestidos de blanco. Y Jaime, Suzy y yo haciendo de recogepelotas, mientras Pedro, con una viserita en la cabeza, chillaba:

—¡Cuarenta iguales! ¡Set! —subido en la altísima silla del árbitro.

Nos poníamos muy nerviosos porque, en el fondo, todos queríamos que ganara mamá.

«¿Me gustaría estar muerta? —pensaba—. No, ya no.»

Llevaba unos días queriéndome morir y que todos lloraran sin parar en mi funeral. Pero ahora me parecía una ridiculez. Tenía que resolver la situación que había creado con... entereza.

Ésa es una palabra que mi padre decía a menudo.

Bajé a la arena y fui andando, sin zapatos, por el borde del agua hasta volver a la estación. Antes de subir la cuesta, me volví a mirar el agua por última vez y una gaviota me pasó por encima, casi rozándome. Señal de buena suerte, pensé. Cuando llegué a casa era ya bastante tarde. Había anochecido.

—¡Christie! ¿Dónde has estado?

—Mamá, perdona. He ido a ver el mar. Tenía ganas.

Hubo un momento raro, pero mamá

acabó por sonreír y todo volvió a su ser. Mis hermanos me sirvieron la última taza de té, que estaba fría, pero buena a pesar de todo... Antes de sentarme, le hice una reverencia a mamá y le entregué la lechuga, sacada de debajo de la cazadora.

Después de contarles el encuentro con las aldeanas, mi hermana dijo con voz ácida y en plan sarcástico:

—Mamá también tiene algo que contarte...

—¡Qué aguafiestas eres, rica! —saltó Jaime.

Mamá me alargó un sobre —¡glup!— del director del cole.

La carta decía:

Muy Sra. mía:

Me gustaría saber qué hay de cierto en una historia que su hija Christine ha contado en clase. Se trata de algo relacionado con una cazadora.

Creo que Christine posee una gran imaginación, y ello es ciertamente positivo, pero pienso que no debemos de-

jar que confunda la realidad con la
fantasía.

Esperando sus noticias, se despide de
Vd. cordialmente,

Stephen Grant.

¡Qué chachi! ¡Míster Grant piensa que soy muy imaginativa!

A pesar de la tormenta que se avecinaba, me hizo mogollón de ilusión.

—El problema está en saber si te sientes una niña o un adulto —dijo Pedro—. Tú pretendes que se te trate como a alguien hecho y derecho. Por ejemplo, armaste la gris porque ya no querías dormir con Suzy y no paraste hasta que mamá no te acondicionó el cuarto de servicio. Y todo porque, según tú, eras demasiado mayor para compartir el cuarto con nadie. En cambio, ahora llevas unos días agobiada porque has dicho una mentira en el colegio. Te comportas como una cría. No tienes valor para decir que la cazadora es heredada y te sacas una novela de la manga, y al final vas a tener que reconocer que es mentira. Y

23

si pretendes que mamá lo solucione, demuestras que, efectivamente, eres una niña.

—Yo seré una niña, pero tú eres un pedante, fíjate lo que te digo. Además, he decidido resolverlo yo, para que lo sepas.

—No creo que sea ninguna tragedia —dijo mamá. Y me sentó junto a ella, abrazándome—. Se os ha olvidado que vosotros también habéis tenido catorce años, una edad que no tiene nada de fácil. Así que disculpad a Chris, y si dice que lo va a resolver, lo hará.

Y a mí me dijo al oído:

—¡Querida gordi, yo sí que te quiero!

De pronto me hubiera gustado que aquel momento no acabara nunca.

Por las ventanas de la sala se veían las casas oscuras y pedazos de cielo casi negro. La habitación estaba en sombras y olía a té, a pan tostado y a la cera de los muebles. Olía a casa.

Mamá se levantó y se sentó al piano. Cuando empezó a tocar, Suzy encendió una lámpara y todos teníamos la misma

24

cara de estúpidos. Como si saliéramos de un sueño.

Pedro, pillado «in fraganti», dijo:

—¡Cuánto me hubiera gustado nacer en una familia menos sentimental!

3 *El mundo contra mí*

AL día siguiente llegué al cole hecha polvo. Está bien ser imaginativa para las redacciones y..., bueno, para divertirse y sacar partido a las cosas, pero reconozco que ese día hubiera preferido ser totalmente imperturbable. No tener imaginación. Ser un tocho.

Al entrar en clase, Grant me hizo un gesto. Me acerqué a él.

—Christine, no estaría mal que explicaras...

—*Yes, indeed* [1] —le contesté precipitadamente. ¿En qué estaría pensando Ana Bolena cuando le cortaron la cabeza?

Mis compañeros *and* compañeras me

_____
[1] Si, desde luego.

miraban conteniendo sus risitas malignas. Eso, por un lado, me dio coraje y, por otro, me serenó.

—Bueno..., parece ser que debo una explicación a Míster Grant, a vosotros y a todo el colegio, a propósito de mi cazadora —empecé, cuando la gente dejó de «ji ji ji», de darse codazos, de tirar lápices al suelo, etc.—. A mi cazadora no le pasa nada, salvo que me está grande, porque la he heredado de mi hermano. El día que la traje por primera vez os reísteis tanto de mí que me sentí muy... ridícula.

En ese preciso momento llaman a la puerta y aparece miss Davis, la «secre» de Grant.

—*I'm very sorry* [2], *Director,* bla..., bla...

En resumen, que había llegado un chico nuevo. Yo le vi de frente y me quedé colgada de sus ojos grises y de su mirada. Y mirándole me quedé medio tonta, pero nadie se dio cuenta —salvo él, supongo— porque todos me daban la

---

[2] Disculpe.

espalda, mirando como estaban hacia la puerta.

Nunca me había pasado algo así. Fue un *flash*.

Tiene los ojos grises más bonitos que he visto en mi vida. Extraños y tristes.

Grant lo saludó, le tomó por el brazo en plan cariñoso y tal, y dijo:

—Os presento a Georges Stevenson. Acaba de llegar de Italia, donde ha vivido dos años, y se va a quedar con nosotros una temporada. Haced un esfuerzo por echarle una mano, porque llevamos ya mes y medio de curso y creo que lo va a notar.

El hombre se sienta en el primer banco, junto al pasillo. Entonces caigo —yo siempre lenta de reflejos— en que lleva dos bastones y que se hace un lío con ellos y uno se le cae al suelo. Y la gente que estaba a su lado, mirándole como a una aparición.

—Georges, has llegado en un momento... crucial. O, por lo menos, instructivo, para conocer la psicología de tus compañeros, y especialmente la de Christine, que nos está intentando explicar por qué

28

contó a todo el colegio que su cazadora había pertenecido a Harrison Ford —sonrisita—. Ya sabes, el de Indiana Jones. ¡Sigue, Christine, por favor!

—Err... En realidad es un problema de forma y esencia —¡toma ya!—. Si yo llego y os reís de mí por una cazadora demasiado grande, por mi forma de vestir, cosa a la que, sobre todo algunos, le dais mucha más importancia que a todo lo demás... Si me siento ridícula y humillada..., pues caben dos posturas: la buena, que sería decir: en casa no hay mucho dinero para ropa. Mi madre es viuda. Tengo tres hermanos, etc. Y la mala, que es la que yo elegí, contándoos una mentira entre algunas verdades. Porque sí es cierto que mi tío, el pelotari, compró la cazadora en Miami, y también es verdad que hay un sitio donde venden trajes de actores. A mí me hubiera gustado tener la cazadora de Indiana Jones. Desde que vi «El arca perdida». Supongo que tuve una asociación de ideas un tanto... estrambótica. No pensé en armar tal lío, y stop. Que lo siento. Sólo quería que me dejarais en paz.

La clase atraviesa momentos de estupor. Nadie sabe cómo reaccionar.

—Por cierto... El dinero del alquiler se lo dejo a míster Grant —y lo dejé en su mesa dentro de un sobre.

—¡Ah! ¡Muy bien! ¡Compraremos una planta para miss Claridge! —dice el «dire» tan ancho, y después, saliéndose por la tangente, pregunta:

—¿Tú qué piensas, Georges?

El nuevo se levanta, apoyándose en el pupitre. Es flaquísimo y habla con una voz muy grave, arrastrando las palabras, despacio, pensando lo que dice. Y tiene un acento que a mi madre le encantaría. Como muy de Oxford. O sea, el chico es un intelectual.

—Pienso que reírse de los demás está mal. Que reírse de alguien porque lleva una cazadora que le está grande es una estupidez. Y que contestar a una agresión estúpida con una fantasía inocua es... ¡creativo!

Me sentí como si a Ana Bolena le hubieran salvado del hacha del verdugo.

¡Qué majo, el hombre!

En ese momento, la chica que a mí

siempre me ha parecido la más tonta de la clase, Sol Vargas, que va vestida como un figurín porque le compran cantidad de ropa, se levanta y dice:

—Yo estoy de acuerdo. Christine es una compañera fenomenal y nosotros estuvimos de pena, y fue... porque nadie aguanta que sea la más inteligente de la clase. Sobre todo, los chicos.

Rugido sordo de «los chicos».

—Míster Grant, ¿me puedo sentar? —pregunté. Si sigo de pie, creo que me caigo.

Grant asintió.

Me siento y tengo que hacerlo al lado de Georges, porque los puestos se han corrido y supongo que, por lo de los bastones, ha quedado un pupitre vacío a su lado.

Debo de estar colorada como un tomate.

El hombre no me mira, pero susurra:

—*¡Up with life!* [3]

A todo esto, *él* no se sienta y Sol

---

[3] ¡Viva la vida!

también sigue de pie y se levantan Gerald y Tony y Vanessa, casi al tiempo, y se sigue levantando gente después, hasta que los quince de mi clase están en pie.

Grant se frota las manos, mira hacia la ventana —está lloviendo a mares— y dice:

—Bien, bien. Mañana, una hora antes de comenzar las clases, nos reuniremos frente al museo del parque a dar un paseíto a paso ligero y recordar a los romanos con aquello de «mens sana in corpore sano». Como parece que sois bastante estúpidos, aunque veo que capaces de reconocerlo, intentaré hacer algo por vuestros escuálidos físicos. Y ahora, se acabó el festejo. ¡Abran sus libros por la página ciento quince!

Nos recorrió un escalofrío. El parque a las siete y media, con lluvia, paseíto, horror y pavor.

La segunda clase, que no me entero de nada. Yo, la más inteligente.

Entre los ojos grises del chico nuevo, la defensa de Sol, la tranquilidad de

Grant y la solidaridad de la clase —porque fue solidaridad—, es que no me enteraba de nada.

Al salir del cole, le di las gracias a Sol. Las dos, muy cortadas, pero me sonrió de una manera más cálida que antes. En la acera, plantado junto a un arbolito, me encontré con Georges, que, al parecer, me esperaba. Yo bajaba con Suzy. Presentaciones, etc. Yo, frita. No sé por qué. Bueno, sí que lo sé. Por el rollo de que mi hermana es más alta, más rubia, más delgada, más todo.

—Os puedo llevar a casa, si queréis.

—¿Tienes coche?

—Yo no —se ríe—. Es del consulado; pero, como estoy despistado todavía, me vienen a buscar.

Suzy y yo subimos al automóvil, brillante y negro, infladas como dos pavos reales. Y un chófer todo serio. La gente del cole que todavía andaba por allí abría la boca del asombro. Ni a Erik le vienen a buscar en coche. ¡Fue de película!

Yo miraba a Georges de reojo. Suzy le estaba contando no sé qué de Virginia

Woolf. Es que la chica tiene un mundo...
A mí no se me ocurría nada. Pensaba
sólo en lo gorda que estoy y en que
Georges pensaría que Suzy es mucho
más guapa que yo. ¿Por qué llevaría
bastones y tendría las piernas tan flacas
que le bailaban los pantalones?

Llegamos a casa. Nos bajamos los
tres. Suzy sonreía muchísimo. Debía de
estar muy impresionada por lo del coche;
nunca se molesta en sonreír a los chicos.
Sólo se deja admirar.

—Christine, ¿me puedes hacer un
favor?

El cielo estaba gris y *él* tenía los ojos
grises.

—Sí, claro —digo yo.

—¿Me acompañas a comprar zapatos?
En Italia no llueve tanto...

—Bueno.

—¿A las cinco?

—Bueno.

—Luego puedes venir a tomar el té...
—dice la mujer de mundo.

—*Okay*. Te vengo a buscar a las cinco,
pero... sin chófer.

—Vale.

By-by. Sonrisas. La mujer de mundo se despide con un movimiento de su rubia melena, que hubiera hecho palidecer de envidia a cualquier otra mujer de mundo. Y a mí, que no lo soy, también, claro.

—No está mal tu amigo... —dice *ella* en plan condescendiente.

—Todavía no sé si es mi amigo —digo yo fríamente. A ver si por ser un cazo no voy a tener mis criterios, jolín...

4 Una traducción de mamá

EN casa, juerga. Mamá está traduciendo un parte de accidente. Del francés al castellano, para una compañía de seguros de Bilbao.

Pedro, Jaime y mamá están muertos de risa junto a la máquina de escribir, que es una antiquísima Remington tamaño gigante, a la que mamá no renuncia por nada del mundo.

—Pero, ¿qué os pasa?

Pedro explica, papeles en mano:

—Un tal José González, varón, veinte años, natural de Granada, domiciliado en Bilbao, conduciendo un 600 (vehículo A), propiedad de su padre, que circula por la autopista Burdeos-París, adelanta a Dupont Pierre, que conduce el vehículo B, propiedad de Lisiers Jacky, que está a su lado, etc., la descripción, etc., que a su vez estaba adelantando a un camión (vehículo C) conducido por Ibrahim Ahmed, natural de Argel y que llevaba una carga de naranjas.

»A choca con B. Se le desprende el motor, que rebota contra B, y B choca contra la delantera del camión y, por razones desconocidas, la carga de éste sale despedida. La carretera es invadida por las naranjas. A sigue para adelante y se carga dieciséis *glissiers*...

—¿Qué son *glissiers?* —pregunto.

—Vallas de seguridad o algo parecido...

—Pero lo más genial es la declaración del Dupont —interrumpe Jaime excitadísimo.

Agarra el papel y traduce en plan chapuza:

«Cuando yo y mi concubina íbamos en su Renault nosequé, propiedad de mi concubina...»

—¡Qué guarro! —suelta Suzy—. Podía decir mi compañera...

—*Suzy, your vocabulary is not exactly*

distinguished! [4] —dice mi madre sorprendida.

(Sorprendida porque lo ha dicho Suzy, que si lo hubiera dicho yo no lo habría notado.)

—*Sorry, mama!* [5]

—¡Pero si es que además el tío está sin «ocupación conocida»! —chilla Jaime.

—¡O sea que vive de ella, puesto que comparten el mismo apartamento, conduce su coche, come de su pan... y la llama «concubina»! ¡La cosa tiene...!

—¡Jimmy! —advierte mamá.

—Tiene pirrimplines, mamá...

Mamá, evidentemente, no sabe qué son pirrimplines.

Entonces Pedro, siempre muy racional, agarra el diccionario y dice:

—Vamos a ver qué dice la amiga Moliner... Aquí está: «Concubina: mujer que vive amancebada con cierto hombre (véanse: amante, amiga, arreglito, arreglo, arrimo, barragana, etc.)».

---

[4] ¡Suzy, tu vocabulario no es muy distinguido que digamos!

[5] ¡Perdona, mamá!

—¿Lo veis? ¡El término no corresponde a la realidad!

Me empiezo a poner nerviosa y digo:

—¿No comemos?

—¡Ya estamos! —dice Pedro—. ¡Si estás ya lo suficientemente gorda...!

—¡Chris, que es fantástico lo de la concubina! ¡Pura discriminación! Vamos a seguir un poquito más, a ver qué más burradas dice...

—Es que Christie tiene una cita... —dice Suzy.

Mamá se quita las gafas, se ahueca el pelo, se levanta. Tiene los ojos cansados y rojos. Creo que me fijo en ello por primera vez. Consecuencias del *flash*. Ahora me doy cuenta de que los demás tienen ojos.

Nos sentamos a la mesa. Tortilla de patatas, ensalada de tomate y... ¡arroz con leche! ¡Con canela por encima!

—¡Qué fenómeno, madre! —chillan los chicos.

—Habláis inglés perfectamente, pero se os nota la sangre vasca —dice mamá, partiendo exactas porciones de tortilla para que luego no haya mosqueos.

—¿Porque gritamos mucho?

—Sí, *Peter*. Demasiado...

—Christie ha ligado con un chico. Uno que acaba de llegar —tercia mi hermana. Remacha mi hermana. Incordia mi hermana.

—Mamá, le voy a acompañar a comprar zapatos, porque él vivía en Italia y allí no llueve, y no sabe castellano...

—¿En Italia no llueve?

—¡Qué bueno, que sí, mamá! —me estoy armando un lío.

—No puede llover como en Bilbao, mamá... ¡Reconócelo! —dice Pedro.

—Sí, aquí llueve bastante, pero, como sabéis, yo no he nacido precisamente en Jamaica, sino en Londres. Estoy acostumbrada. De todos modos, a mí me gustaría saber si tú, Chris, has salido airosa del asunto de la cazadora...

—Chris sale siempre airosa de sus jaleos, mamá —dice Suzy.

—Y tú de los tuyos, sólo que diferís en el método —pontifica Pedro.

—Suzy seduce y tú atacas —me explica Jaime como si yo me chupara el dedo.

40

—Por favor, ¿puedo saber qué ha pasado?

—A mí me han dicho que toda la clase se ha puesto de pie en su honor.

—Mira, madre, te lo cuento tipo telégrafo, porque tengo prisa: yo, junto a Grant y frente a compañeros y compañeras. Grant, majo. La gente, risitas. Digo que me sentí humillada e inventé la historia para salir del paso. Entra Davis con nuevo. Interrupción y presentación de Georges Stevenson.

—¿De dónde sale? —pregunta Pedro.

—Por el acento, de Oxford —dice Suzy.

—¡Qué guay! ¿No? —exclama Jaime.

—Pues será muy guay, pero en cambio es cojo, ya ves...

—¡Qué burra eres, hija! —dice Suzy, no mi madre.

Mi madre dice:

—Ya empiezo a perderme. Está claro que sale de Oxford, pero ¿es o no cojo?

—Camina con bastones y tiene las piernas... flaquitas.

—Es cojo y tú no eres burra, eres brusca. ¡Sigue!

—Pues eso, que les cuento que comprendo que hice mal, pero logro culpabilizarlos, por idiotas, por reírse. Nadie reacciona. Grant pregunta a Georges. Éste dice que reírse de los demás está mal, que reírse de la ropa que otros llevan peor, y que mi «salida» ha sido... ¡creativa!

—Respuesta de adulto —dice mamá—. ¡Lo que se han debido de reír de él!

«¡Ay, Dios mío! ¿Será verdad?», pienso aterrada, y continúo:

—Bueno, y después no se sienta, y se levanta Vargas, la niña bonita, y bla, bla, me defiende y luego se levantan todos y Grant nos castiga a dar un paseíllo por el parque, a eso de las siete y media de mañana por la mañana.

Resoplo.

Mi madre dice:

—Me gusta Grant. Es comprensivo y nada rígido.

—Si fuera rígido no sería comprensivo.

—*Peter, darling, you are a bore...* [6]

---

[6] Peter, querido, eres un aburrimiento...

42

—Mami, ¿me puedo levantar de la mesa? —digo yo, nerviosísima.

—Sí, pero... ¿y el dinero del alquiler? ¿O es que no es verdad que habías alquilado la cazadora?

¡La soplona de Suzy!

—¡Ah, sí! ¡El dinero es para comprarle una planta a miss Claridge!

—¡Qué buena idea! Bueno, vete ya, si tienes prisa, pero no vayas de vacío...

A toda pastilla recojo platos y cubiertos en una bandeja y desaparezco en dirección cocina.

Oigo a Suzy decirle a mamá:

—¡Ah! ¡Le hemos invitado a tomar el té!

—¿A quién!

—Al Stevenson, mamá...

—Ya. Bueno, pero ¿Chris no quiere arroz con leche? ¡Pues será la primera vez...!

Lavo los platos pensando en miss Claridge.

Miss Claridge es una profesora de mi colegio, ya jubilada. Toda su vida se la ha pasado dando lecciones de inglés y cuidando de su jardín, que es el más precioso del pueblo. Como ahora es muy mayor y le da mucho trabajo, los alumnos mayores solemos hacer turnos los sábados o los domingos para echarle una mano. Me alegro de que el alquiler de la cazadora acabe en una planta para ella. Es una vieja majísima.

Desaparezco del todo en el cuarto de baño más alejado del personal para lavarme el pelo y de paso darme una ducha y por lo menos oler a polvos de talco. La colonia sólo se la permite mi hermana.

¡Rayos! ¡Es tardísimo!

5 Los zapatos de Georges

SON las cinco menos un minuto. Bajo los escalones de dos en dos.

Por fin, el pelo me lo he atado en cola de caballo porque después de lavármelo se me ha disparado en todas direcciones, como la melena de una leona, y encima con ese color que tengo, que no es rubio, ni castaño, ni pelirrojo, ni nada.

Suzy se ha apiadado de mí y me ha prestado su jersey verde nuevo y una cinta de terciopelo marrón para la coleta. La falda es marrón, heredada, claro, pero bonita. Tiene un zurcido, pero no se nota mucho.

No sabía si ponerme medias o calcetines. Todavía no me decido a dejarlos —los calcetines— porque las medias son un latazo.

—¿Qué hago, qué hago? —vociferaba yo en medio del pasillo.

—¿Qué haces con qué? —Pedro abriendo la puerta de su cuarto.

—¿Calcetines o medias? —yo al borde de la histeria, porque me horroriza llegar tarde.

—Tú, mejor, calcetines. Además hace muy moderno. A los americanos les chiflan los calcetines. Y los americanos son la mar de modernos. Y deja de chillar, por lo que más quieras, que estoy estudiando resistencia de materiales y no me concentro.

Pedro estudia ingeniero industrial. Siempre está concentrándose.

Llego al portal y Georges Stevenson está apoyado en la pared. No es un sueño. Y sigue teniendo los mismos ojos.

—¿Qué tipo de zapatos quieres? —le pregunto.

—Pues eso, de lluvia, cerrados, mullidos.

Echamos a andar hacia el centro. Va bastante rápido, pero se balancea un poco.

46

—Qué mañana más dura has tenido, ¿no?

—Mucho peor fue el día que llegué con la cazadora puesta.

—¡Pues me parece una ridiculez! —dice con énfasis.

Nos paramos frente al escaparate de una zapatería de la Gran Vía y Georges elige un par de zapatos marrones, que no están mal.

—Me gustan —le digo.

—Ya, pero ahora viene lo complicado: me tienes que comprar dos pares. Uno del cuarenta y el otro del cuarenta y dos. Y claro, me tengo que probar los dos...

—¿Para qué quieres...?

Heavens! [7] ¡Gran error! ¡Georges tiene un pie más pequeño que el otro!

Ahora sí que me lo quedo mirando. Y él sonríe y me dice:

—*Don't you know you are sweet and tender?* [8]

Bueno, pues entre la frase de marras y el taco que se arma el dependiente, que

---

[7] ¡Cielos!
[8] ¿Sabes que eres muy dulce?

es aún más tardo que yo, salgo de la tienda sudando a mares. Seguro que Suzy me obliga a lavarle el jersey.

En casa muy bien, claro. Porque está mamá, y mamá es tan natural y tan... «sweet and tender», pero de verdad que hace que cualquiera se sienta a gusto. Y mis hermanos son majísimos. Incluso Suzy —que es genéticamente puñetera—, si quiere, es un cielo.

Cuando Georges se va, me encierro en mi cuarto a escribir. Es que yo, si alguien me gusta —o me disgusta profundamente—, le ficho.

Stevenson, Georges.
Edad: 17 (va retrasado).
Altura: 1,80.
Peso: poco.
Pelo: castaño muy claro, con mucho flequillo.
Ojos: grises fantásticos.
Nació en Nueva York, pero por casualidad. Porque sus padres son diplomáticos —ingleses— y se pasan la vida dando vueltas por el mundo.
Poliomielitis de pequeño. Un pie más

grande que el otro. Camina con dificultad, pero puede hacer casi todo. Deportes violentos no, claro. Su padre es diplomático.

Ha vivido en Inglaterra, en Suecia y en Italia. Habla tres idiomas. (¡Jo!)

Como a mí, lo que más le gusta es la literatura.

Le gusta la música clásica, sobre todo Mozart y Vivaldi, y de «la otra», James Taylor, Amstrong y Queen. Le horrorizan los conjuntos muy, muy de moda, como a mí.

¿Seremos hermanos espirituales?

Me encuentro muy rara. A mí me han gustado cantidad de chicos, pero esto es distinto.

Me digo que ha tenido que sufrir mucho por la «polio». Y ahora mismo tiene que ser muy duro depender de los bastones, no poder correr...

Me he fijado que tiene las manos muy grandes, y en las palmas, callos. Y eso me da tanta pena que se me llenan los ojos de lágrimas. Por eso me dijo la frase de marras en la zapatería.

Me miro al espejo:

Soy alta y gorda, ya lo he dicho, pero es que me obsesiona.

El pelo, pues eso, superfuerte, super-hinchado, rizado, indomable y hórrido.

Tengo la mar de pecas.

Los ojos, bastante bien: verdes, pero las pestañas claras, y mi madre no me deja darme rímel.

La nariz, corriente, medio chata.

La boca grande, los dientes grandes, pero —por lo menos— muy blancos.

Es deprimente; lo que es por guapa, ya sé que no le voy a gustar...

¿Y si hago régimen?

Mañana empiezo.

Ahora me voy a cenar. ¿Habrá quedado arroz con leche?

6 Navidades

ESTAS Navidades no vamos a esquiar. Por una vez no es por problemas económicos, sino porque no hay nieve más que si te vas a los Alpes, y claro...

El último día de clase, estamos todos como pilas.

—No me digáis que este año también tenemos que cantar villancicos con los pequeños, delante del árbol, ¿no? —dice Sol con cara de horror.

Han puesto el árbol en el salón de actos, con velitas, nada de electricidad. A mí me parece precioso y también me gusta cantar villancicos, pero no: eso tampoco está de moda. Me parece que yo nunca estoy de moda.

A la salida, gran follón de despedidas. Georges me acompaña a casa. Nos metemos en un bar a tomar un café con leche. Como hoy hemos acabado antes, tenemos casi dos horas para estar juntos.

A veces, cuando le miro frente a frente, tengo miedo de que note que se me cae la baba.

—Te he traído un regalo —me dice cuando ya nos sentamos.

Me alarga un paquetito.

Me quedo muda de la emoción y lo abro. Es un libro. *El guardián entre el centeno*, de un tal J. D. Salinger.

—¿Es bonito? —pregunto, muy inspirada.

—Sí. Muy... americano. Es un escritor estupendo. A lo mejor me entiendes mejor cuando lo leas.

—¿Crees que no te entiendo?

—Muchas veces, ni te enteras...

—¿Y tú me entiendes?

—No es muy difícil. Por ejemplo, cuando te pones colorada no se te notan las pecas.

—¡Qué agudo!

—No te enfades. Hay muchas cosas que en ti son muy evidentes.

—¿Como qué?

—Como que sufres por lo de mis piernas. Que eres muy sensible. Que no tienes coraza, defensas o como quieras llamarlo. Que dices la verdad por sistema...

—¡Sí, como con la cazadora!

—¡Eso fue una evasión más que una mentira!

Bueno, ¡de perdidos, al río!

—Pero... Pero tú... ¿sufres por la «polio» o no?

—Sí, pero me he distanciado del asunto. Lo veo desde lejos... En parte es cuestión de costumbre. Era muy niño cuando tuve el ataque de «polio», ¿comprendes?

—¿Quieres decir que, si te pasara ahora, sería mucho más difícil?

—Desde luego, pero tú tienes que procurar olvidarte un poco porque tu propia angustia me... angustia.

Lo que me faltaba. Me quedo sin saber qué decir. Nunca he sentido tanta vergüenza.

—No has leído la dedicatoria —me dice, haciendo caso omiso de la, imagino, total desaparición de mis pecas.

Abro el libro: *To my darling Chris* [9], y su firma.

Lo siento. Es demasiado. Me levanto con el libro en la mano, agarro los chismes del colegio y salgo a todo correr, empujando gente. Casi no veo, venga a llorar.

Subo a casa, abro la puerta, la llave temblona en la cerradura, y, gracias a Dios, no me topo con nadie. Me encierro en mi cuarto y, ¡hala!, a llorar y llorar. Y lo que más me angustia —tiene toda la razón— es que cualquier otro chico me habría seguido corriendo y Georges no puede hacerlo.

Pensé que a lo mejor aparecería, pero pasó el tiempo y lo único que se oía era la Remington de mamá.

Bueno, que no me llamó por teléfono tampoco y yo no me atreví a hacerlo.

Así que nos fuimos a Biarritz a pasar las Navidades con mi abuelo paterno y aquella horrible sensación del bar se fue suavizando, pero sin desaparecer del

---

[9] Para mi querida Chris.

todo. Además me daba pavor volverle a ver, después de vacaciones.

El viaje a Francia, como siempre, dantesco. Maletas despellejadas, paquetes, maletines, trenes, humo y sandwiches. Nos turnábamos la ventanilla para ver el paisaje de Euskadi, que es precioso.

Por una vez, no llovía, y pasada la frontera, como casi no hay fábricas, los verdes son más limpios y los chalets y los caseríos muy blancos con las contraventanas verdes, rojas o azules.

—¡Mirad a Christie! —dijo Pedro—. ¡En cuanto sale del humo de Bilbao se le despierta el nacionalismo vasco!

Tenía razón, así que pasé del asunto; por eso y porque el cielo gris, los montes azul-gris, los bosques grises me recuerdan a... Georges.

—Esta chica se está civilizando... —comentó Jaime, despatarrado en su asiento—. Hace unos meses se te hubiera abalanzado directamente a la yugular.

—¡Ya era hora! —suspiró Suzy.

Me callo otra vez, porque otra vez acierta.

—¡Venga, chicos! ¡Recoged vuestras cosas! ¡Estamos en Biarritz! —nos dijo mamá, nerviosa.

7 *La casa del abuelo*

LA casa del abuelo se llama «Etxe-txiki» y es realmente pequeña, pero muy bonita. Está cerca del faro de Biarritz, en un acantilado, a pico sobre el mar.

Por las mañanas bajo temprano y el abuelo me espera frente a una taza de té, muy oscuro y caliente, y charlamos y yo me pongo ciega de tostadas con mantequilla.

—¡Come con las mismas ganas que su hijo! ¿Verdad, don Julen? —dice la tata Felisa.

—Se le parece mucho. La que más.

Yo me inflo de satisfacción.

—Abuelo... ¡Cuéntame cosas...!

—¿Como qué?

—Aquella historia... Aquellos que naufragaron y se comieron...

—¡Pero si eso os lo conté hace años! ¡Ni sé cómo te acuerdas!

—¡Venga, abuelo...!

El abuelo se pone a contar, mientras yo le observo, entre mordisco y mordisco y taza de té y taza de té.

Tiene casi ochenta años, la cara muy afilada y surcada de arrugas, los ojos muy azules y vivos y se apoya en una cachaba, que nunca abandona. Cuando habla, le da vueltas al bastón entre sus manos grandes y arrugadas.

—Pues esa historia que tú dices es la de Igoa y Mendiluce. Esos señores se fueron a Filipinas y cuando hicieron algún dinero, no mucho, decidieron venirse para Europa en un barco de vela. Y ese barco tuvo el buen acuerdo o el malo de tumbar en el Atlántico y lo que quedó de la tripulación y de los pasajeros se metió en una balsa. Pero estaban casi en el punto más lejano posible de la costa; había poco para comer y no tenían agua. Iba pasando el tiempo y fueron perdiendo a unos y a otros hasta que a lo último sólo quedaron dos: Igoa y Mendiluce, y según la leyenda, estos señores se co-

mieron al último compañero para sobre-
vivir.

A mí se me atraviesa la tostada. ¡Glup!

—Ahora, que lo que sí es cierto es que
habían hecho lo que solía llamarse un
«pacto de suicidio»...

—¿Qué es eso, abuelo?

—Parece ser que habían decidido que
si uno de los dos moría, el sobreviviente
se suicidaría, supongo que para no
comerse el uno al otro. Y cuando llegaron,
por fin, a las costas de Inglaterra, pues
resulta que allí tal cosa estaba penada
con la muerte, porque el tal pacto se
consideraba como una inducción al suicidio. De tal manera que, después de
tantas vicisitudes, de poco pierden la
vida por una ley.

»Después, consiguieron despistar el
asunto y, con los años, llegaron a ser
importantes; entonces eran muy jóvenes
aún. Igoa se hizo banquero y el otro
abrió una tienda de antigüedades en
Londres, que existe todavía.

Han ido apareciendo los hermanos y
el abuelo accede a contar más cuentos.

Mamá se ríe y la tata le dice:

—¡Don Julen, cuando está con los nietos es como un crío!

—Pues a mediados del siglo pasado, mi padre venía hacia esta costa en un carguero de su naviera, con algunos amigos y familiares a bordo.

»Al entrar en la bahía de Vizcaya, porque ya entra en la bahía de Vizcaya el *Finisterre,* siempre gustaba de tirar unos cuantos aparejos para pescar bonito. Era la época del bonito. Y cayó uno.

»Se puso mi padre muy contento y les dijo a los marinos:

»—Bueno, pues que pongan un «marmitako».

»Al poco rato, viene el mayordomo.

»—Pues, don Pedro...

»—¿Qué pasa?

»—Que el contramaestre y dos marineros —el contramaestre de El Anchove y los otros de Bermeo— dicen que ese bonito no es el bonito vasco...

»Mi padre, asombrado, les contesta:

»—¡Pero hombre! ¡Dará igual! ¡Todos los bonitos del mundo no tendrán diferencia entre sí!

60

»—¡Ah, pues no, don Pedro! ¡No puede ser!

»—¡Que vengan las autoridades y lo digan, entonces!

»Y efectivamente, el capitán, el cocinero, vamos, autoridades y todos, coincidían en que «no era vasco y que, por lo tanto, con aquel bicho no se podía cocinar nada vasco».

—Eso es racismo en pescado, abuelo —dice Pedro.

—Tú no entiendes nada.

—El nacionalismo me parece peligroso, ya lo sabes.

—Pues yo creo que los que hemos nacido de padres vascos o nos sentimos vascos tenemos la obligación de trabajar para esta tierra, para que se ensanche, para que progrese, para que vaya hacia adelante... Eso no es racismo de nada.

—Abuelo, a mí me parece que hay tanta violencia, que vamos hacia atrás.

—Cambiando de tema —tercia Jaime, que odia las discusiones—, y ya que has mencionado el «marmitako», abuelo, os diré que por fin he elegido una profesión.

—¿Cuál? —todos al unísono, porque lleva unos meses dando tumbos, sin decidirse por nada.

—Cocinero.

¡La que se armó! En nuestra familia los hombres tienen que ser ingenieros o marinos. Las chicas no tenemos tanto problema. Entre otras cosas, tanto Suzy como yo odiamos las mates, y lo de la Marina, francamente..., entre tantos tíos...

Pero Jaime se puso tan plomo, argumentó tanto y tan bien, que volvimos a Bilbao sin él. Se quedó a vivir con el abuelo, trabajando como pinche en uno de los mejores restaurantes de Biarritz.

Yo pasé los últimos días escondida en el desván de Etxe-txiki. Allí, rodeada de manzanas verdes, tocaba habaneras en la pianola del abuelo y lloraba a mares.

Sin Jimmy, sniff, todo va a ser más difícil.

8 ¡Hepatitis!

Bilbao, 18 de enero

QUERIDÍSIMO Jimmy:

Al llegar de Francia, me sentía tan mal, tan cansada y tan rara, que mamá me llevó al médico, antes incluso de empezar el cole.

—Hepatitis. Esta chica tiene una hepatitis viral, y si no, ya me lo dirá usted cuando vea los análisis —dijo don Andrés, ya sabes cómo es—. Mírela a los ojos. Parecen limones. Cama. Reposo total y una dieta ligera. Nada de huevos. Purecitos, pero sobre todo quietud... Unos dos meses...

Yo me quedé patidifusa, pero la pobre mamá se tuvo que sentar y todo.

—¡Christine quieta! ¡Pero si eso no es posible!

—*La hepatitis es una cosa seria y puede haber recaídas, si uno no se cuida bien. No creo que Cristina sea tan tonta como para no hacer un esfuerzo... ¡Ah! ¡Cuidado con el contagio! De momento, nada de visitas...*

Heavens! ¡Qué panorama!

Aunque tú no estés y te eche muchísimo de menos, tengo que reconocer que Pedro y Suzy se han desvivido por ponerme la habitación lo más cómoda posible.

Suzy me ha traído su flexo guay, para que tenga buena luz y... estudie, claro.

Pedro me ha cambiado la librería de sitio y ha acercado la cama a la ventana.

Mamá me ha regalado sus azaleas preferidas y a mí no me queda otra que estar tranquilita.

Lo fantástico ha sido que, al cabo de dos días, Suzy, la ex escorbútica, apareció en mi cuarto al mediodía, mientras yo intentaba comerme un trozo de pescado hervido, deprimidísima porque me había mirado al espejo y parecía una china, y me trajo una carta de él. (Por si no caes

en ello, a causa de tu habitual torpeza, él
es el maravilloso Georges.)

¿Comprendes, pequeño? Desde enton-
ces mi vida es otra.

Te escribiré, cuando me contestes a mí
sola.

Te quiere horrores tu hermana,

Christie.

Bilbao, 16 de enero

Christine:
He vuelto de Nueva York con muchas
ganas de verte y me entero por tu
hermana de que estás enferma, cosa que
no puedo imaginar. Tú, que no paras
quieta un segundo.

Pues, bueno, sin ti, no puedo hablar
con nadie.

En vacaciones me pareció que nuestra
despedida había sido un desastre, ¿no?
Y además debía de haberte llamado y no
lo hice. Estaba medio bloqueado y pensé

65

que era mejor hablar cara a cara. Ya ves, ahora me veo obligado a escribirte, pero al menos no me resulta tan mecánico como el teléfono.

Comprendo que no me es fácil tener amigos —amigos de verdad—, porque lo que me pasa, la polio, me aísla, o al revés: me aíslo por lo que me pasa. Pero tienes que entenderme. A ti te encanta la gente, siempre dices que todos «son maravillosos», pero a mí en general me gusta más leer y pensar, y los demás me parecen bastante aburridos y, además, no me cuesta nada estar solo.

También influye la edad, supongo. Yo estuve casi dos años de hospital en hospital y, aunque estamos en el mismo curso, te llevo tres años y supongo que eso tiene su importancia. Que probablemente dentro de tres años serás menos... sentimental.

Pero, en realidad, lo que quiero decirte es que no me gustaría verte llorar otra vez. Y menos por mi causa. No quiero que nadie me compadezca y estoy acostumbrado a defenderme de la misericordia ajena.

Seguro que te parecerá muy duro lo que pienso, pero es que la misericordia ajena puede ser peligrosa. Sé por experiencia que, en general, si alguien te compadece, llega un momento en el que te pasa la factura, y eso me parece espantoso. Además caes en la dependencia de los demás y, al final, ya no sabes o no puedes desenvolverte solo.

Yo intento ser autosuficiente, y como me ha costado bastantes esfuerzos aprender a vivir con una... reducción, sé que muchas veces debo de resultar demasiado rígido y orgulloso. No sé si me estoy liando. A lo peor no vas a entender nada de mis enjundiosas explicaciones. Claro está que confío en tu altísimo coeficiente intelectual.

Te estoy escribiendo mientras los demás están en clase de gimnasia. Se me acaba el tiempo y quiero que recibas esta carta cuanto antes.

Contesta, por favor.

Love,

Georges.

Mi pequeña Chris:

El martes pasado vino a verme Stephen Grant y me contó que estabas malita. Ya sabes que no tengo teléfono, así que te escribo.

Grant vino con algunos chicos y chicas de tu curso para ayudar en el jardín. Por cierto que me trajeron una planta de regalo y decían que el dinero —de la planta— lo habías puesto tú, porque habías alquilado tu cazadora... *¡Qué cosas más raras haces!*

No entendí nada; claro que a mi edad no entiendo nada de nada.

El jardín está triste, pero yo sé que los colores de las flores bullen bajo tierra, esperando a la primavera. Y sólo le pido a Dios que me deje verlo, aunque sea por última vez.

Los chicos rastrillaron las hojas e hicieron hogueras. Me acordé de tu padre. Le encantaba saltar los fuegos con aquellas piernas interminables.

Mi sobrino —ya sabes, ese que ha

venido a... ¡cuidarme!— Tom Landridge, que es buenísimo y sosísimo, preparó unos bocadillos y lo pasamos muy bien.

Por cierto que había un chico quite charming [10]. Un poco mayor que los demás y con un inefable acento de Oxford. Interesante. Hablamos de ti y me dijo —no te lo diría si no estuvieras enferma, pero creo que necesitas mucha moral— que eras la chica más estupenda que había conocido nunca. Tú, que tienes complejo de gorda y que detestas a la pobre Susana por su pelo rubio y sus piernas esbeltas. A ver si aprendes a valorarte...

Cuando te pongas buena, tenéis que venir los dos a tomar el té conmigo.

Te quiere,

Eleanor Claridge.

---

[10] Realmente encantador.

Biarritz, 25 de enero

My darling Chris:

Te quejas porque no te escribo: me paso el día lavando platos, cazos, cacerolas y sartenes. No cocino ni un huevo. A mamá le cuento cosas más divertidas, pero es bastante horrible: tengo los dedos como salchichas de Frankfurt.

A mí me parece que trabajo muchísimo, pero hay otros chicos de mi edad y nunca les oigo quejarse. Debe ser mi origen burgués.

De cocina, como ya te decía, todavía nada; pero me fijo bastante y el otro día le hice unos chipirones al abuelo que estaban fantásticos.

Será mejor que cambie de rollo, porque te va a entrar un hambre...

Voy al cine todo lo que puedo.

Me duelen mis dedos-salchicha.

By-by, Love!

Jaime.

Bilbao, 3 de febrero

Querido Georges:

Gracias mil por la carta, por los apuntes de mates y física y por el disco de James Taylor, que es la mar de romántico.

Estoy hasta el gorro de estar en la cama, pero si los análisis son mejores, empezaré a levantarme hacia el veinte de este mes.

Nuestra despedida... Pues mira, no lo sé. Tú me explicas muy bien lo que piensas, pero las cosas que me pasan a mí no te las puedo explicar así de bien, porque son..., eso, sentimentales y, por lo tanto, irracionales, viscerales o como quieras llamarlas. Son inexplicables. Es que yo no puedo soportar que nadie sufra y tú has debido de pasarlo mal, muy mal, y a mí me entran ganas de llorar. Y lloro. ¿Qué le voy a hacer? Y no es que yo te compadezca; es que preferiría que no te pasara nada. Supongo que mi mayor error es no poderlo olvidar o no poder distanciarme del asunto; pero, chico, es que yo siempre he sido así. De cría siempre estaba bua, bua, bua... Lloraba porque los árboles se quedaban sin hojas, porque Jimmy se había cortado un dedito, porque papá me reñía, porque me daban miedo las tormentas... Mi madre siempre me está diciendo que tengo que hacerme una coraza, pero no sé muy bien cómo.

Me gustó mucho El guardián entre el centeno, *pero si tú te pareces a él, entonces no somos tan diferentes; sólo que tú todo te lo guardas, ¿no?*

Lots of love,

Christie.

Biarritz, 15 de febrero

Querida nieta:

Tu madre me dice que estás mucho mejor y me alegro. Ya me tiene bastante preocupado ése con sus sabañones y lo cansado que anda.

Te voy a contar una anécdota divertida a propósito de ése: el otro día, pasé a buscarle a eso de las seis y fuimos al bar de Peru, a tomar un vino.

Estaban Arrazu e Hyrigoyen, esos dos viejos marinos de buena facha que son capaces de distinguir si una sardina es de Santurce o de Upo. Bueno, te hablo de otros tiempos. Ahora, con toda la polución que hay, dudo mucho que haya sardinas por esa zona.

Bueno, pues todos los días a la misma hora, van a beber al bar de Peru hasta caerse redondos. Suelen beber en perfecto silencio, pero ese día Arrazu tuvo un ataque de locuacidad y, agarrando el vaso, lo levantó y dijo:

—¡Salud!

Hyrigoyen le miró con mirada sospechosa y al cabo de un rato le contestó:

—Pero, bueno. ¿Aquí a qué hemos venido? ¿A beber o a charlar?

Jaime y yo tuvimos que salir de allí

73

deprisa y corriendo, porque no podía-
mos contener la risa.
* ¡Cuídate mucho, chiqui!*
* Te abraza,*

                    Tu abuelo Julen.

9 Cambios

¡**A**LBRICIAS! ¡Por fin puedo levantarme de la cama! Me han dado de alta; estoy pálida, pero no amarilla. También puedo salir, si quiero.

Mamá me ayuda a vestirme.

—Lo sabía: has crecido y has adelgazado... —me dice llevándome al espejo del cuarto de Suzy, que es el único de cuerpo entero en toda la casa.

¡Ay qué susto! ¡No soy yo!

—Pero, mamá, ¡si casi te alcanzo! —digo horrorizada ante la giganta que me mira desde el espejo. La falda de pana marrón me queda por encima de la rodilla. Parece una «mini», pero como no lo es, queda rara.

—Hija, querías adelgazar y lo has conseguido; no te quejes... Voy a ver qué encuentro por ahí que te esté bien.

Mamá vuelve con unos vaqueros de Suzy que yo... ¡adoro! Son azul pálido y se los trajo de Londres no sé quien.

—¡Pero... ésos no me entran, mamá!

—Si te pones faldas, lo que ya no puedes llevar son calcetines. Con esta altura, imposible. ¡Qué barbaridad, lo que has crecido! ¡Como estabas en la cama, la verdad es que no lo había notado! —mamá sigue con su rollo, sin hacerme ni caso.

Me siento en la cama de mi hermana porque me fallan las piernas. Sin darme cuenta me caen unos lagrimones gordos, gordos sobre las mejillas. Estoy débil por primera vez en la vida, pero, sobre todo..., asustada.

Mamá me abraza y yo lloro más todavía.

—Pero... ¿por qué lloras?

—Es que... me veo muy rara... Tan alta..., con estas piernecitas flacas y blancas...

—Has estado mucho en la cama. Ahora tienes que tomar el aire y dar paseos y comer bien. ¡Pruébate los vaqueros y este jersey y no seas pusilánime, por favor! —mamá me alarga un jersey de ochos.

—Pero... ¡éste es nuevo! —exclamo, y el hipo se me corta de la emoción.

—Sí, hija, sí. No es heredado y es tuyo, sólo tuyo, porque todo el mundo tiene jerséis de ochos.

—¡Buaaaaa!

—¡Pero, Chris! ¡Si es mi regalo por haberte puesto buena!

Me voy calmando en los brazos de mamá. Los vaqueros me están superbién y el jersey «ídem».

De repente, dejó de llorar: la chica del espejo me gusta.

Me voy a tomar el sol —un sol pálido, como yo— a la terraza; aunque me salgan pecas, por lo menos se me quitará este color tan sintético y fantasmagórico.

Me siento en una silla y alargo las piernas. ¡Rayos, qué largas las tengo! ¡Me tendré que adaptar a estas nuevas medidas! Me acuerdo de mis lecturas infantiles: *Gulliver en el país de los enanos* y *Peter Pan*. Peter Pan era «el niño que no quería crecer». Yo ya he crecido. Ya no puedo volver atrás. Soy mayor y todo ese rollo. Creo que estoy estupefacta.

Entra Suzy y da un silbido. Se me queda mirando.

—No estás nada mal, pequeña.... A ver quién es más alta.

Nos miramos en el cristal de la ventana, la una junto a la otra.

—¡Qué demasiado! ¡Iguales! Pero tienes que aprender a sacarte partido. Bueno, si sales mañana sábado con Stevenson, te enseñaré a peinarte, y si quieres te pinto los ojos.

—¿Y por qué voy a salir con Stevenson, si puede saberse?

—Te apuesto lo que quieras a que «esto» es una cita para mañana...

Suzy bailotea por la terraza con una cartita en la mano. Pero como yo me he convertido en una giganta, me levanto y se la quito de un papirotazo.

Oímos un timbre histérico. Dos. Tres.

¡Es Jaime!

Chillidos. Risas. Besos. Sorpresa. Mochila. Regalos baratos.

—Si es que mamá me llamó...

—Pues a nosotras no nos ha contado nada...

—¡Qué alta y qué guapa estás, Chris!

Por fin, después de mucho jaleo, todos los hermanos nos sentamos a la mesa, con mamá en la cabecera. No sé que le pasa que está guapísima.

—Tengo que hablaros, por eso le dije a Jimmy que viniera.

Silencio. Mamá ha sacado una voz... rarísima.

—Estoy pensando en casarme otra vez.

¡Clinc! Mi tenedor rebota contra algo.

—¡Grant! —exclama Pedro.

—¡Grant! —dice Suzy.

—¿Grant? —pregunto.

—¿Qué Grant? —Jaime.

—Pues sí —explica mamá, tranquila, aunque no tanto, porque hace migas de pan y las aplasta sobre la mesa, cosa que siempre ha dicho que es horrible—. Le he visto mucho los dos meses que Christie ha estado mala. Me pasaba apuntes y libros, me acompañaba a casa...

—¡Se ha aprovechado de tu debilidad!
—Suzy tiene la cara en llamas y apunta
a mamá con el cuchillo.

—¡Calma, Suzy! —le dice Jaime, y le da
palmaditas en la espalda.

—¡Ya lo sabía! ¡Se ha comprado camisas nuevas, azul cielo, y siempre me
paraba en los pasillos y me preguntaba
por Christine, pero yo sabía que eras tú
la que le interesabas...! —se atraganta
de la ira.

Yo estoy como si fuera de corcho. No
siento nada. Ni tampoco entiendo por
qué Suzy pierde los nervios, ella, siempre
tan comedida.

—¿Tú cómo lo sabías, Peter?

—Os vi llegar juntos un día, mamá. Se
os nota algo.

Mamá sonríe de pronto, y es algo tan
bonito que nos quedamos mirándola,
embobados.

—A mí me parece bien —digo yo.

—A mí... —dice Susana con una voz
tan rabiosa que Pedro le tapa la boca.
Suzy se levanta y le pega una bofetada
de través. Pedro se levanta también, le
agarra por las muñecas con una mano y

con la otra le vuelca la jarra de agua encima.

—Cuando te calmes, vuelves, querida... —le dice Pedro con mucho retintín.

Suzy sale del comedor a todo llorar, mojada como una sopa y dando tropezones.

—Pero... —dice mamá.

—¡No te preocupes, madre! ¡Ya se le pasará! —sentencia Pedro con su mejor cara de hijo primogénito.

—En todo caso, creo... —dice Jaime— que es cosa tuya. Personalmente, yo tendré que estar viviendo en Biarritz lo menos dos años más.

—¿Entonces? —pregunta mamá.

—Okay —Jaime.

—Okay —Pedro.

—Estos años pasados, cuando aún erais pequeños, han sido muy duros. Me encontraba muy sola. Ahora es distinto: Pedro ha empezado la carrera, Jaime está fuera, Suzy irá a estudiar a Londres... Estáis cerca de llegar a ser independientes. Creo que ya he... «cumplido» con vosotros. En realidad, la única que podría objetar algo es precisamente Christine, porque vivirá con nosotros todavía bastante tiempo... El recuerdo de... papá será siempre maravilloso, pero... necesito compartir la vida con alguien.

—Mami, yo lo único que quiero es que seas feliz... —digo yo.

—¡Qué cursi eres, niña! —chilla Jaime.

Yo abrazo a mamá. Mamá se ha emocionado.

—Pues Grant es muy majo, mamá... —le digo yo para consolarla, y entonces entra Suzy con los ojos como pelotas de tenis de tanto llorar y dice:

—Madre, que perdones. No sé qué me ha pasado. Me parece bien.

A la tarde fuimos de compras porque mamá decía que yo ya no podía heredar nada de nadie. Me sentía millonaria. Me compró hasta un par de mocasines totalmente maravillosos y pijos. Luego, Grant se pasó un rato por casa. Fui a la cocina por el té y me encontré con Jimmy, que bailaba el charlestón por el pasillo, cantando:

Ain't she sweet
coming down the street

I ask you very confidentially
ain't she sweet [11].

—Pero, ¿qué haces?
—Es la cara de Grant, cuando mira a mamá... Igual que la letra de la canción...

Nos reímos como dos histéricos. Creo que estábamos agotados de tantas emociones.

Y por fin llegó el sábado.

Georges se me quedó mirando en el portal.

—¿Has visto cómo he crecido?
—No... Sí...
—¿Sí o no?

Georges suspiró:

—Si. Has crecido y has adelgazado, tienes jersey nuevo, los vaqueros de tu hermana, zapatos nuevos, te has peinado diferente y te has pintado las pestañas...

¡Sopla!

---

[11] ¿A que es una monada
cuando baja por la calle?,
os pregunto muy confidencialmente.
¿A que es una monada?

—Si, además, lo que quieres oír es que estás guapísima, pues... ¡estás guapísima!

—Y tú, ¿qué ibas a decirme?

—Que..., que tenía unas ganas... absurdas de verte: gorda, flaca, alta o baja. Bueno, ¡vámonos!

Le conté lo de Grant, claro, y le pareció muy bien.

—Dentro de nada, fin de curso...

—¿Dónde irás?

—Supongo que a Italia. Mi padre tiene allí una casa, cerca... de Verona.

—¡Ah, claro! ¡Tienes que hablarme de Italia!

—Te quería decir que por qué no vienes con Suzy a pasar el mes de agosto en mi casa. Luego volveríamos todos juntos en coche...

—¡...! Yo...

Estábamos sentados en un banco del parque. Yo pensé que estas cosas no suceden. Una no crece o adelgaza, ni se la llevan a Italia, ni nada. Esto es cine. Indiana Jones.

—Italia huele a tomate, a tomillo, a ajo y todo el día comes espaguetis. Verona es preciosa. Allí está la tumba de Julieta y la gente le escribe.

—¡Qué morbo!

—El río Adige rodea la ciudad casi por completo y hay construcciones románicas y góticas y algunas son de un ladrillo rojo, que refulge cuando se pone el sol.

—¿Refulge?

—Pues sí, refulge. Y no te pongas irónica, que no te va nada... Y si vienes, un día nos compramos una botella de Valpolicella...

—¿Qué es?

—Un vino con burbujitas...

—¿Y qué?

—Que nos agarramos un pelotazo y te podré contar... ¡cosas insólitas!

—¿Qué cosas?

—Pues eso, las cosas que nunca me atreveré a decirte sin un pelotazo de Valpolicella, y entonces verás cómo refulge el ladrillo rojo bajo el sol.

Cuando volví a casa a cenar, flotaba de felicidad.

Jaime me pilló ensayando posturas frente al espejo.

—¿Satisfecha de ti misma, colega?

—Pues sí.

—Te voy a contar algo moralizante...

—Cuenta, cuenta —no estoy dispuesta a que mis hermanos me achanten en lo más mínimo.

—Pues escucha esto: había una vez en Bilbao un señorito que se miraba al espejo y se decía en voz alta: «Eres guapo, eres rico, ¿qué te falta, Federico?». A lo cual, un día su anciana tata comentó de pasada: «Juicio, hijo, juicio».

De poco, le mato.

10 *Un té de postín*

DESDE que he crecido, ha aumentado mi audacia. Eso dice mi madre. Y también dice que soy una aventurera y una comedianta. Todo por lo del té en casa de Georges. La verdad es que todo sucedió muy deprisa y, como siempre que se me mete una idea en el coco, pues no me paré a reflexionar.

Georges siempre me decía que su madre es una patosa con las cosas de la casa; que lo que le gusta es la filatelia y que se pasa horas ordenando sus sellos y mirándolos con lupa.

El miércoles de la semana pasada, que no teníamos cole por la tarde, me dijo que la buena señora estaba desesperada porque la chica se había despedido y esa

misma tarde tenía invitados importantes.

—Mi padre también está desesperado.
Una vez mi madre, en lugar de té, sirvió
manzanilla. Otra, en vez de azúcar, sal.
¿Sabes? Es la típica que todo lo tira, que
todo se le cae. ¡Se trae un despiste! O
sea, como persona, un encanto, pero
como diplomática es un cero a la izquierda. No sé que pasará esta tarde. Me
temo lo peor.

Yo asentí hipócritamente. Sabía lo que
iba a pasar.

A las cuatro en punto llamé al timbre
de los Stevenson y, gracias a Dios, me
abrió la puerta la mismísima señora
Stevenson.

—Vengo de la agencia, señora.

—¿Agencia?

—Sí, señora. Ha telefoneado... —saqué
un papel de la bolsa que llevaba encima—
el señor Georges Stevenson pidiendo
una doncella por horas.

—¿Mi hijo? ¡Qué inteligente! ¡Pase,
pase! ¿Y es usted inglesa?

—Sólo en un cincuenta por ciento.

La madre de Georges es menuda y nerviosa. Tiene una sonrisa chachi, como inocente. Me llevó a la cocina, que estaba toda revuelta, llena de bandejas de plata a medio limpiar y de paquetes de pastelería.

—¿Cree usted que se arreglará? Parece tan jovencita...

—Soy una experta a pesar de mi edad —le contesté recordando los interminables tes y subsiguientes fregados de mi casa. Si mamá comprara de una vez un lavaplatos...

No hubo tiempo para mucha charla. Entre la señora Stevenson —a mis órdenes— y yo preparamos tazas, platos, cubiertos, bandejas de sandwiches, pastelitos, pastas. La plata relucía.

—Señora, ¿dónde puedo cambiarme?

—¿Cambiarse?

—El uniforme...

La pobre me miraba como si yo fuera una extraterrestre.

—Sí, claro. Pase por aquí, por favor.

Me puse el uniforme, que es una reliquia del pasado glorioso de mi familia. Negro, con delantalito blanco. Y me recogí el pelo en un moño que me hacía más mayor.

Abrí la puerta a los invitados, les hice pasar, preparé el té, serví la merienda. El padre de Georges me saludó efusivamente. En sus ojos brillaba la incredulidad.

—Señora, si me necesita, llámeme, por favor —y desaparecí por el foro.

En la cocina di un suspiro de alivio, me tomé una taza de té, negro como la pez, y me comí un bocadillo gigantesco, como conviene a mi tamaño.

En ésas estaba, tranquila y relajada, cuando se abrió la puerta y apareció Georges. Era inevitable. Sus maravillosos ojos grises brillaban de cólera.

—¿Conque he llamado a una agencia?
—Agencia de servicios El Talismán.
—Christine, estás completamente loca.
—No tienes sentido del humor.
Sonó un timbre.
—Perdona. Tengo que cumplir con mi deber.
—¡Christie!

¡Qué rollo es este chico! Había conseguido culpabilizarme. ¡Qué barbaridad!

Recogí la merienda. Los invitados se despedían. Georges me ayudó a fregar los cacharros, pero casi no me hablaba. Yo empecé a hacerle cosquillas y él me quería agarrar y no lo conseguía y yo le di un beso en la nariz y en ese momento, que ya estábamos perdidos de agua, entraron sus padres en la cocina y todos nos quedamos sin saber qué decir.

— Papá, esta señorita de la agencia El Talismán es en realidad... ¡la única, la incomparable Christie-paranoia! Mi compañera favorita.

Pues sus padres se rieron muchísimo. No se parecen nada a él.

—Así que tú eres la famosa Christine. Georges no nos había contado que, además de lista, eres una perfecta ama de casa —dijo su padre.

—Y muy organizada —añadió su madre con admiración.

—Es que en casa somos muchos y un hermano mío, que estudia ingeniería, nos obliga a los demás a racionalizar el trabajo. Hace experimentos para ahorrar tiempo y espacio, etcétera.

—Me convendría conocerle —dijo el señor Stevenson, con expresión soñadora. Y tenía un aire tan gracioso que hasta Georges tuvo que reírse.

11 El jardín de miss Claridge

A finales de curso, Georges y yo fuimos a tomar el té con miss Claridge una tarde de domingo.

Hacía un día precioso, fresco todavía. Desde la estación hasta el chalet de miss Claridge las acacias desplegaban sus hojitas verdes al sol.

De pequeña, cuando llegaba al jardín, me parecía traspasar alguna frontera desconocida.

Es muy grande y está rodeado de una verja negra y alta. Entras y te pones a andar bajo unos arcos de hierro forjado por los que trepan rosas amarillas; de esas que se llaman «de té».

En el césped, que ahora está un poco descuidado y lleno de hierbajos, crecen

arbustos de azaleas, abelias y narcisos...
En la esquina de la derecha hay castaños
y tilos, y en la de la izquierda, cuatro
hayas que ahora son muy verdecitas,
pero en otoño se ponen rojas, doradas...
parecen un incendio...

Y a un costado de la casa, un «jardín
de hierbas», que me encanta, con perejil,
romero, hierbabuena, albahaca, orégano,
tomillo...

Creo que hace muchos años era un
jardín muy cuidado, pero desde que
miss Claridge es tan mayor, aunque va
por allí un jardinero, siempre está un
poco destartalado, con montones de
hojas secas por todos lados, el césped
desigual y las flores descuidadas. A mí,
por supuesto, me gusta más así que en
plan perfecto.

Nos abrió la puerta míster Landridge,
el sobrino buenísimo y sosísimo, que se
puso la mar de contento al vernos; creo
que debe de encontrarse muy solo.

Miss Claridge parecía un pajarillo.
Estaba sentada en su mecedora, llena de
mantas, junto a la ventana de la sala.

—¡Christie! ¡Qué bien que hayas venido! ¡Y con Georges! —nos miró apreciativamente.

—Hemos aceptado su invitación y de paso le echaremos una mano en el jardín. Y tomaremos una taza de té —dijo Georges.

Landridge murmuró algo ininteligible y desapareció lleno de papeles bajo el brazo.

—Él no entiende nada de jardines —nos dijo miss Claridge en un susurro—. Por las mañanas llegan gorriones y petirrojos, que da gloria oírlos. Pues él, nada. Dice que no puede estudiar con el gorjeo de los pájaros. Se está volviendo un hombre de papel impreso. Un libro, un diccionario... ¿Habéis visto las azaleas? Están preciosas. Las hay rosas, las hay blancas, las hay casi violetas... ¿Y mis rosas? Hay unas color salmón, otras carmín. Las blancas, las amarillas... Son la bendición del Señor...

—Miss Claridge, voy a pasar la cortacésped... —dijo Georges.

Creo que la conversación le resultaba demasiado romántica.

—Sí, querido, ve. Yo me quedo con Christie... ¡Cuando pases junto a las abelias, ten cuidado con las abejas!

Miss Claridge y yo nos quedamos calladas.

De la ventana entreabierta llegaba el olor del tomillo. Georges arrancaba las malas hierbas, acuclillado en el suelo. Sobre su cabeza revoloteaba una mariposa amarilla.

Landridge se había llevado sus cosas a la sombra de los castaños y estaba enfrascado en un libro de esos que pesan cuatro o cinco kilos. Yo me sentía la mar de bien. Me encanta ver árboles, flores y escarabajos y mirar a Georges sin que se dé cuenta. Georges es anguloso por todas partes, como medio ascético, creo yo, pero cuando baja las defensas tiene algo muy dulce y vulnerable.

Miss Claridge se quedó dormidita.

Salí fuera.

—Oye, Christie, que hay pulgones.

—Pues les echas insecticida, pero sin exagerar.

Georges parecía un poco perdido entre tanta naturaleza.

Pensé que, de mayor, si no se anda con ojo, será como Landridge. ¡Qué rabia! No me gusta la gente que sólo se preocupa de las ideas y de los libros. A mí me parece que nunca deberíamos perder de vista la tierra.

Corté unas rosas y luego las coloqué en varios floreros. ¡Me encanta poner flores! Jaime me dice siempre que en mi próxima reencarnación seré japonesa y especialista en «ikebanas».

—¿Por qué no preparas el té, Jorgito?

—¡No me llames Jorgito!

—¡Jorgito, Jorgito!

Nos empezamos a pegar. No sé qué nos pasa que últimamente no hacemos más que pegarnos. (Bueno, sí que lo sé: queremos estar cerca el uno del otro y supongo que no se nos ocurre otro método.)

Landridge —que debe de ser un reprimido— nos echó una mirada escandalizada y cortamos el rollo.

—¿Tú sigues?

—Sí, no te preocupes.

El césped había quedado bastante bien. Me quité los zapatos y saqué la manguera.

¡Qué gozada!

La manguera es como una serpiente que se desenrosca a medida que te alejas del grifo. Los pies se te mojan y la hierba te hace cosquillas.

La literatura es maravillosa, pero la sensación de la tierra bajo los pies, el sol en la nuca y el olor del verano que comienza es igualmente maravillosa. Habría que conseguir tenerlo todo. ¿Por qué no? Como decía el pirata: «La vida es corta, pero ancha».

Todas las flores brillaban de agua y yo caminaba arrastrando la manguera, bajo la rosaleda. Y hubiera seguido toda la vida con mi manguera y mis reflexiones, hasta que oí el pitido de la *kettle* [12] y retrocedí, enrollando la manguera otra vez.

Sin hacer ruido, Georges había ordenado la habitación y la cocina. Incluso

---

[12] Recipiente para hervir el agua del té.

había lavado platos y ceniceros y fregado el suelo. Desde que estuve en su casa ha decidido ser un manitas para ayudar a su madre y convertirse en un hombre autosuficiente en el plano doméstico.

—Se nota que estás educado en la agencia El Talismán, chico.

Después de tomar el té, Landridge se puso a hablar de literatura inglesa y nos enzarzamos en una pastosa discusión sobre la novela *Al faro* de Virginia Woolf, que me encanta. Pero Landridge —que analiza hasta el detalle más pequeño— me dejó planchada con su erudición.

Miss Claridge nos sorprendió con un ronquido increíble en alguien tan arrugadito y frágil.

Nos despedimos. Estaba ya anocheciendo.

Subimos al tren en silencio. Olía a verano. ¡Qué ganas de que acabe el curso!

Llegamos a mi casa hacia las diez.

—El personaje central, el de la madre, en *Al faro* es tierno y luminoso. Muy humano, ¿no crees? —me dijo Georges.

—Sí.

—Tú serás así, de mayor. Creo.

—¡Anda ya! —me azaré horrores.

—Y yo... no seré como Landridge.

¡Me había leído el pensamiento!

—Me gusta mucho estudiar y profundizar en las cosas, pero necesito relacionarlas con cosas concretas. Te doy un ejemplo: si no te beso en este momento, me muero.

Y me empujó suavemente dentro del portal y me dio un beso y a mí nadie me había besado así y era muy dulce.

Yo cerraba los ojos y los abría mientras duró el beso. Georges tenía los suyos abiertos de par en par y me miraba y me miraba y casi me caigo encima de él, bastones y todo, porque me temblaban las piernas. Cuando nos separamos, subí a casa sin decir ni mu, me encerré a cal y canto en mi cuarto y me tumbé sobre la cama. Me latía el corazón muy aprisa. Era como si se me hubieran agolpado demasiadas sensaciones juntas. Unas, conocidas, y otras, totalmente nuevas.

Tenía frío. Alargué el brazo para coger un jersey de la silla. No era un jersey: era la cazadora de Indiana Jones. Me tapé con ella. ¡Qué increíble! ¡La de cosas que han pasado en estos meses! Ahora me parece una niñería toda la historia que inventé. Me parece que he cambiado mucho y he aprendido cosas y me estoy enrollando con Georges y mamá se va a casar otra vez y cambiaremos de casa y... y...

Es que si pienso en el futuro me da vueltas la cabeza.

Bueno, la verdad es que no sé qué va a pasar, ni mañana, ni pasado; lo que sí he aprendido es que la felicidad hay que aprisionarla entre los dedos, porque es como un puñado de arena que después se escapa lentamente. Y he decidido no llorar más: eso lo tengo claro. No vale la pena porque la vida es corta, pero ancha.

Índice